Die Bürde des Irreparablen

Erika Oczipka

Die Bürde des Irreparablen

Sechs Kurzgeschichten

Bibliografische Information der Deutschen
Nationalbibliothek:

Die Deutsche Nationalbibliothek verzeichnet diese
Publikation in der Deutschen Nationalbibliografie;
detaillierte bibliografische Daten sind im Internet über

http://dnb.d-nb.de abrufbar.

Herstellung und Verlag: Books on Demand GmbH,
Norderstedt

ISBN-13: 978-3-837-08096-4

Meine Kurgeschichten erzählen von Menschen, jungen und alten, unterschiedlichen Charakters, die miteinander in zum Teil merkwürdiger Beziehung stehen oder standen, erzählen auch von einsamen Menschen, die von Beziehungen träumen.

Allen Protagonisten ist gemeinsam, dass sie die Lebenssituationen, in denen sie sich befinden, nicht gesucht haben, sich aber auch nicht dagegen zu wehren wissen.

Verzeichnis:

Eiszeit

Großmutter Lena war im Jahre 1958 eine Frau in ihrem sechsten Lebensjahrzehnt, mit einem sich bereits ankündigenden Witwenbuckel. Dabei war sie noch ein paar Jahre davon entfernt, Witwe zu sein. Mit ihrer gebeugten Haltung nahm sie jedoch ihren späteren Status schon vorweg.

Es waren ihre Enkelinnen, die das ahnten und nicht zuletzt am Mottenpulvergeruch festmachten, der die Großmutter umgab wie eine schützende Duftwolke, der man am besten nicht zu nahe kam. Dieser Geruch, der Übelkeit verursachen konnte, lag besonders an Sonntagen als Kennzeichen in der Luft, wenn die Großmutter nach einer Umkleideaktion schwarz gewandet wieder ins Zimmer getreten war und sich mit entsprechend ernstem Gesichtsausdruck auf den Weg zur Dorfkirche begab.

Was sollten pubertierende Enkelinnen auch sonst von einer solchen Person wahrnehmen. Sie als Frau zu betrachten, fiel unheimlich schwer, schwarz und fremd blieb sie ein Schatten, der bestimmten Gesetzen zu folgen hatte.

Dieses Wesen verrichtete einen Dienst auf Erden, an Mann und Kindern, später nur noch an einem der Söhne und am Ehemann. Anerkennung fand sie nicht. Ihre Anwesenheit fiel erst rückwirkend auf, wenn sie einmal abwesend war, was selten genug vorkam und nur bei sehr gewichtigen Anlässen. Dann geriet nämlich der Zeitplan im Hause durcheinander und demzufolge musste schließlich die eine oder andere Gewohnheit vorüber gehend aufgegeben werden.

Den Gang in die Kirche trat sie allein an. Ihr Mann war nur dann dabei, aber nicht an ihrer Seite, wenn es darum ging, einem Nachbarn oder Freund das letzte Geleit zu geben. Dann hatte er seinen Auftritt als Sargträger. Oder bei Kindstaufen und Eheschließungen. Er hatte eine spitze Zunge, für die sich die Frau häufig entschuldigte, was ihn allerdings erst recht in Hochform brachte.

So hatte alles seine Ordnung. Sie war still, er sprach oder dozierte. Er erhob die Stimme, wann immer ihm danach war. Er kommandierte jeden in seiner Umgebung, alles nur zu Gunsten seines Geschäfts und damit selbstverständlich zum Wohlergehen seiner Familie. Das war eine natürliche Autorität, die aus ihm sprach, so dass selbst seine beiden Enkelinnen aus der Stadt, die im Sommer ihre Schulferien auf dem Land verbrachten, ihren Respekt nicht versagten.

Allerdings hatten sie Mühe, ihr Lachen zu unterdrücken, wenn sie als einzige mit klaren Augen sahen, dass dieser Mann eine Rolle übernommen hatte, die ihm Spaß bereitete und die er ihnen gegenüber augenzwinkernd zugab. Die Erwachsenen hingegen nahmen alles für bare Münze, den gestrengen Ehemann, den berechnenden Chef und den weisen Großvater, auf dessen Schultern eine große Verantwortung zu liegen schien. Das war eine Erfahrung fürs Leben für die kichernden Mädchen.

War er mit ihnen allein, verjüngte er sich zusehends, tobte mit ihnen um die zahlreichen Hühnerställe, schnallte sich die Rollschuhe unter und genierte sich nicht, vor den Augen der Kinder eine Bauchlandung zu machen.

Er gab ihnen zu verstehen, dass er die Menschen um sich herum als Werkzeuge behandeln musste, weil sie es so brauchten und alle daraus einen Vorteil zogen. Er war der großzügige Großvater, der alle Kinder immer auf seiner Seite hatte, und er duldete keine Konkurrenz. Das schien die einzige Bedingung, diese bedingungslose Hingabe an ihn.

Von der ostfriesischen Küste aus trieb er Handel mit seinen holländischen Nachbarn und schickte seine Produkte mit Lastwagen bis ins das Ruhrgebiet. Er erzählte von seiner Gefangenschaft in Rotterdam. Da war weder Bitterkeit noch Bedauern in seiner Stimme; er war immer Sozialdemokrat gewesen und hatte sich selbst unter massiven Drohungen geweigert, in die NSDAP einzutreten. Dafür verzichtete er auf das Amt des Bürgermeisters. Ein Sturkopf war er, der sich vom niedersten Knecht bei reichen Bauern in die Selbständigkeit hochgearbeitet hatte.

Auf diese bodenständigen, verbohrten und arroganten Bauern hatte er einen besonderen Hass, der nur aus den Erfahrungen heraus, die er am eigenen Leib hatte machen müssen, zu verstehen war. So pflegte er innerhalb der Dorfgemeinschaft nach seinem gesellschaftlichen Aufstieg auch keinen Kontakt zu irgendwelchen Bauern.

Auch dann nicht, als einer seiner Söhne mit einer Tochter dieses Standes in sein Haus kam.

Die Schwiegereltern seines Sohnes blieben ihm und seiner Frau fremd. Und an der Schwiegertochter ließ er selten ein gutes Haar. Sie war in seinen Augen weder eine schöne Frau, noch kochte sie gut, noch konnte sie das Haus, das er seinem Sohn erbauen ließ, in Ordnung halten.

Dass sie dann doch imstande war, den ersten männlichen Enkel auf die Welt zu bringen, hat er mit Sicherheit als Zufall betrachtet. Was ihn nicht davon abhielt, gerade dieses Kind besonders unter seine Fittiche zu nehmen, bei einer solchen Mutter, versteht sich. Den musste man vor dieser Frau retten. Was zur Folge hatte, dass ausgerechnet dieser Enkel in den Armen seiner Mutter alt wurde, die Frau an seiner Seite ähnlich behandelte, wie er es vom Großvater gelernt hatte. So wiederholt sich Geschichte. Das waren nicht die Gene, das war die Schule des Meisters.

Der Großvater hatte fast schwarze Haare, dunkelblaue Augen und eine interessante Habichtsnase. Er war, als seine beiden ersten Enkelinnen ihn richtig wahrnahmen, noch ein stattlicher Mann von beeindruckendem Auftreten und auch von Reichtum. Er protzte nicht damit; dazu war er zu klug. Er hielt seine Frau an einer kurzen Leine, auch bei den Geldangelegenheiten.

Dafür brachte er selbst die Überraschungen ins Haus und stellte damit die Haushälterin vor vollendete Tatsachen. Er legte Fasanen auf den Tisch, fangfrischen Fisch, exotische Getränke und Früchte. Niemand kannte seine Quellen, aber alle wussten von seinen vielfältigen Geschäftsbeziehungen. Den Kindern brachte er Süßigkeiten, die er reichlich verschenkte. Die Kinder nahm er mit auf einige kürzere Geschäftstouren. Sie saßen dann neben ihm im Führerhaus des „Hanomag" und wurden bei jedem Halt vorgestellt. Sie waren stolz auf ihn und er auf sie.

Er ging im Sommer als einziger mit den Kindern ans Meer oder an einen Moorsee, wobei er weder vor Schlangen Angst zeigte noch vor dem Wasser, obwohl er das ordentliche Schwimmen nie erlernt hatte, wie kaum jemand an der Nordsee zu der Zeit. Tourismus kannte man dort noch nicht, nur in kleinem Umfang auf einigen der Inseln.

Wenn sie müde in ihren Betten lagen, draußen die Vögel an den langen Sommerabenden ihre einschläfernden Melodien sangen, zogen an manchen Abenden aus der Wohnküche unerklärliche Laute die Treppe hinauf. Das war ein Klopfen und Stampfen, eine Abfolge von Beschimpfungen oder lautes Gelächter. Da klangen Gläser, klapperten Türen. Für die Kinder war es nicht bestimmbar, ob es sich um Streit handelte oder um Begleiterscheinungen des „Skat" genannten Spiels.

An solchen Abenden gehörte das Haus den Männern. Die Frauen waren ausgezogen, wohin, war nicht bekannt. Das Fernsehen hatte sich noch nicht in die Wohnzimmer geschlichen, dazwischen lag der Atlantik.

Selten gestattete der Großvater den Mädchen einen Besuch in seinem Kontor. Zu diesem war üblicherweise der Zutritt strengstens untersagt. Das war allgemein bekannt und wurde beachtet. Geheimnisvolle Papiere lagen herum, eine Rechenmaschine und eine Kasse standen auf dem Schreibtisch. Fremde Dinge, die sie nicht recht zu würdigen wussten.

Der Großvater tat so, als wären diese Gegenstände alltäglich und einem Mädchen aus der Stadt, auch in diesem Alter, vertraut. Sie spielten das Spiel mit. Einmal holte er ein großes, säuberlich beschriebenes Buch heraus und bat seine Enkelinnen, die Zahlenreihen zu addieren.

Er machte daraus einen Wettbewerb, der mit einer Belohnung enden sollte. Als die Summen, die bereits eingetragen waren, mit ihren Rechnungen überein stimmten, gab er jeder von ihnen fünf Deutsche Mark. Das war ein Tag. Mit ihrem Schatz gingen sie schnell auf ihr Zimmer und versteckten ihn in ihren Portemonnaies.

Das Schicksal dieses Mannes lag nicht offen vor den Kindern. Dass er einen Sohn durch den Krieg verloren hatte, wussten sie. Was das bedeutete, war ihnen nicht klar. Dass der Mann eine Tochter hatte, deren Mann Berufssoldat gewesen und der Vater dieser Mädchen war, vom Großvater verachtet, hatten sie noch nicht als Drama ausgemacht. Dass die Großmutter, die ein paar Jahre älter als der Großvater war, von diesem vor der

Ehe geschwängert worden und der erste Sohn unehelich war, war ihnen auch nicht bekannt.

Das gesamte Anwesen strahlte eine Ruhe aus und doch war Leben in ihm, mit den Hunderten von Hühnern, Enten, Gänsen, Schweinen, Katzen, Küken, Leuten, die ein- und ausgingen, Freunden und Geschäftsfreunden, den Obstbäumen, den großen Wiesen, den zahlreichen Wassergräben, den Rosensträuchern, den kantig geschnittenen Buchsbaumhecken, den peinlich genau abgezirkelten Rasenflächen mit den stets ordentlich geharkten Sandwegen dazwischen.

Besonders im Sommer war Verlass auf all dies. Es war eine Großzügigkeit über alles gebreitet, die die Kinder so nicht kannten aus ihrem kleinen Vierpersonenhaushalt in der Stadt.

Hier gab es eine Art von Freiheit, die Hoffnungen zuließ, die Erwartungen weckte auf etwas, von dem sie noch keine Ahnung hatten, das jedoch in der Luft zu liegen schien.

Es gab reichlich und gut zu essen, nichts war abgezählt. Hier gab es Bier und Schnaps, und der Teekessel stand an allen Tagen und Abenden auf dem Herd. Das Wasser in ihm war ständig auf dem Siedepunkt. Das Haus war gastfreundlich, und auch, wer nur kurz geschäftlich hier vorbeikam, erhielt seinen Tee serviert aus zierlichen dünnwandigen Tassen, die zu mancher rauen Hand nicht so recht passen wollten.

Gespräche über die Politik der jungen Republik waren an der Tagesordnung. Erst viel später spürten diese beiden Kinder, dass es eine Stunde null geben musste, die nicht lange vor ihrer beider Geburt liegen konnte. Das war seltsam.

Zurück gekehrt in ihre Welt und durch die Ferien verdorben, versuchten sie in der Enge der kleinen Stadtwohnung zu überleben, in der nicht einmal der Geist sich frei ausbreiten konnte.

Mit einem Vater, dessen Tragik darin lag, dass er als Berufssoldat nach zwölf Jahre währender Armeezeit im Range eines Unteroffiziers nun seinen Lebensunterhalt und den seiner Familie mit einer anständigen Arbeit zu bestreiten hatte. Sich einzuordnen in eine ihm fremd gewordene Welt und noch einmal von vorn anzufangen im Alter von dreißig Jahren, nun aber mit der Verantwortung für vier Personen, war sein eigentliches Schicksal.

Das, wofür er gekämpft hatte, war mit einem Schlage nichts mehr wert, ja wurde geradezu in den Dreck gezogen.

Wofür er jetzt zu kämpfen hatte, empfand er als ungerecht. Seine Ideale waren irgendwo auf dem Balkan hängen geblieben, seine Träume waren in einem Meer von Trümmern begraben. Was sollte er aufbauen und wofür?

Es war möglicherweise diese Ratlosigkeit, die ihn in die Arme des Staates lenkte. Um etwas Boden wieder gut zu machen, ging er in den sicheren Postdienst, mit dem ihn jedoch nichts weiter verband als die Erwartung des regelmäßig eintreffenden Gehalts und eine sogenannte Laufbahn, die ihm Beförderungen in Aussicht stellte. Das war von nun an sein Leben.

Nach dreißig Jahren gelebten Lebens, enttäuscht, verbittert, mit der schweren Last einer Familie auf dem doch noch jungen Rücken, war dieser Mann dazu verurteilt, sich dem Jetzt zuzuwenden, das für ihn sinnentleert war. Bar jeder Möglichkeit, die einerseits seinem Charakter entsprang und andererseits dem Tabu in der Gesellschaft jener Zeit der fünfziger Jahre, sich mit der kontaminierten Vergangenheit auseinander zu setzen, errichtete er sich eine Nebenwelt ohne Zugang für andere. Hierin lebte er und ruhte sich aus von den Strapazen der vergangenen Jahre und denen der neuen Welt mit ihren absurden Anforderungen angesichts der großen Niederlage und eines Landes in Trümmern.

Er war nicht der Typ sich vorzustellen, dass eines Tages alle Steine, die in den Städten die Wege blockierten und keine Sicht mehr frei gaben auf Erhabenes, weggeräumt sein könnten.

So beschränkte sich seine tätige Mithilfe auf das Postsystem, indem er zunächst seine Runden als Briefträger drehte. Das hatte wenigstens eine gute körperliche Kondition zur Folge, wenigstens das. Der Ansehensverlust innerhalb der Familie hielt sich – bis auf den bei seinem Schwiegervater – anfangs in Grenzen.

Das änderte sich erst, als es den Männern dieser Generation, die überlebt hatten, gelungen war, sich wieder zu orientieren und die Weichen neu zu stellen. Spätestens da hätte er durchstarten müssen, mit einem gewissen Risiko einen wirklichen Anfang zu wagen.

Da war es jedoch für ihn schon zu spät. Er hatte seine kleinen Freuden, seine Kinder gediehen, die Frau war gesund, wenn auch nicht unbedingt mit den Umständen zufrieden. Sie stachelte ihn an, wenigstens an dem einen oder andern Lehrgang teilzunehmen, um künftig mehr Einkommen erwarten zu dürfen. Das schaffte er dann auch.

Seinen Ehrgeiz hatte er irgendwo zwischen Himmel und Hölle im Krieg verloren. Vielleicht dort, wo er einmal fast von einem Partisanen erschossen worden war.

Vielleicht dort, wo er in der Fremde auf eine hübsche Frau gestoßen war, die sich dem gut aussehenden jungen Mann ergab, der über gute Beziehungen zu allem verfügte, was der Mensch zum täglichen Leben für das körperliche Wohl benötigte.

Vielleicht hatte er den Ehrgeiz auch gar nicht verloren, sondern ihn nie besessen. Durch das Beispiel seines eigenen Vaters etwa, der kurz nach seiner Rückkehr aus dem ersten Weltkrieg an Malaria verstorben war, eines Vaters, den er erst im Alter von sechs Jahren kennen lernte und das auch nur für kurze Zeit, eines Vaters, der ein Fremder für ihn geblieben war. Vaterlos, später heimatlos, auch im ideologischen Sinne, ging oder radelte er um die Häuserblocks, suchte den Kontakt zu fremden Menschen, während die eigene Familie einen abgekämpften, ständig nörgelnden Mann als ihren Mittelpunkt zu betrachten hatte, der zudem noch extrem cholerisch war.

Hinzu kam, dass die Mutter streng darauf achtete, dass die Kinder ihn nicht aufregten, weil er aus dem Krieg ein Asthma mitgebracht hatte, das bei ihm in solchen Fällen zu gefährlichen Beklemmungen führte.

In dieser Umgebung sollten die Kinder sich wohlfühlen. Und der Kontrast war natürlich immer dann besonders groß, wenn sie die Großeltern gegen Ende der Ferien verlassen hatten. Den Großvater und sein Dorf, sein Land und seine Tiere, seinen Witz und seine Autorität. Das war etwas, dem nicht die bleierne Blässe anhing, die in der Stadt auf sie wartete.

Die Kinder ahnten längst, dass auch im Hause des Großvaters eine Menge Müll unter den Teppichen lag. Aber irgend ein diffuses Gefühl sagte ihnen schon damals, dass dieser Müll sich in seiner Art wesentlich von dem in ihrer Stadtwohnung unterschied. Er schien ein natürliches Abfallprodukt eines Lebens zu sein, das sich immer noch in Tatkraft äußerte, während der Müll zu Hause unter dem Teppich bald keinen Platz mehr hatte. Er legte sich vielmehr in alle Ritzen der Wohnung, in jeden Spalt, der zur Verfügung stand, er legte sich auf die Seelen der Kinder, er machte sie unfrei und nahm ihnen letztlich die Luft zum Atmen.

Großvaters Müll waren, wie sie später erfuhren, seine Liebschaften im eigenen Hause, seine Geschäftspraktiken, die Art, wie er seine Frau häufig erniedrigte und es draußen kaum einer wusste und auch nicht geglaubt hätte.

Sein Müll war auch, dass er Männern vertraut hatte, die ihn geschäftlich übers Ohr hauten und ihn dazu zwangen, dem Finanzamt gegenüber nicht ehrlich zu sein.

Sein Müll war, dass er sich durch den Konsum von vier Schachteln Eckstein-Zigaretten Tag für Tag im besten Wissen selbst zerstörte und damit sein sich ankündigendes Raucherbein zuließ. Selbst den Weg zum Friseur, keine hundert Meter, legte er mit dem Wagen zurück.

Aber was ist dieser Müll gegen nicht gelebtes Leben, gegen Eifersucht, die aufblüht aus einem Minderwertigkeitsgefühl.

Kinderleichen liegen unter dem Teppich, Leichen von Kindern, die von angeblicher Liebe erdrückt wurden, Kinder, die nicht selbständig werden sollten, um Angst vor dem Verlassenwerden zu verhindern.

Unbefriedigendes Sexualleben von Partnern, die gar keine Zeit gehabt hatten, sich richtig kennen zu lernen, die stolz darauf waren, fünf Jahre verlobt gewesen zu sein und sich in diesen Jahren viermal gesehen zu haben und dennoch einander treu geblieben waren. Verlogenheit lag unter den Teppichen und in den Ritzen. Das erschwerte das Atmen um ein Beträchtliches.

Dank der familiären Beziehungen zur Landwirtschaft waren Butter und Eier immer verfügbar. Es war ansonsten ein sparsamer Haushalt, den die Mutter führte. Sie wirtschaftete jedoch gut. Die beiden Mädchen teilten sich ein Zimmer. Das war schwer genug, da ihre Charaktere und Bedürfnisse sich sehr von einander unterschieden; aber immerhin war diese räumliche Abgrenzung zu den Eltern für sie wichtiger als die untereinander.

Mit jedem Zentimeter, den sie in körperlicher Größe zunahmen, wuchs die Distanz zu den Eltern. Schwer vorstellbar, dass das die leiblichen Eltern sein sollten.

Nun ist dieses Phänomen in der Pubertät nichts besonderes. Es setzte sich jedoch derart fest, dass die Schwestern immer häufiger unter der Bettdecke sich dieses für sie wichtigen Themas annahmen. Eines war klar: es gab kein Entkommen. Jedenfalls nicht zu diesem frühen Zeitpunkt ihres gerade begonnenen bewussten Lebens. Sie liebten dafür umso mehr die Schule. Wenn das Mittagessen der Mutter nicht auf sie gewartet hätte mit der unnachgiebigen Härte eines Schicksalsschlags jeden Tag aufs neue, wären sie erst kurz vor dem Schlafengehen nach Hause gekommen.

Ein ganz bestimmter Sonntagmorgen im Winter veränderte mit einem Schlag ihre festgefügte Welt.

An diesem Morgen klingelte das Telefon. Es hatte seinen Platz in der Diele. Ein Anruf zu dieser Zeit war ungewöhnlich. Die beiden Mädchen lagen noch in ihren

Betten; sie schliefen nicht mehr, unterhielten sich. An den Fensterscheiben hatte sich Kondenswasser gebildet. In die klirrende Kälte des beginnenden Wintertages hinein waren ihre Worte verdunstet, aufgesogen von dem kalten Glas, bevor sie eine Chance gehabt hatten, aus dem Haus zu gelangen, sich einen Weg zu bahnen, von dem die Mädchen träumten. Niemand schenkte ihnen Gehör, wenn es um ihre Träume ging. So beschenkten sie sich gegenseitig mit ihren Phantasien.

Die Stimmen der Eltern waren kaum zu hören. Eine merkwürdige Stille drang durch die Türritzen in das Zimmer, schwer beladen mit einer Nachricht, für die es im Grunde keine Worte gab.

So geschah eine Zeitlang gar nichts. Bis sich die Tür einen Spalt öffnete, ganz langsam wie von Geisterhand, und das Gesicht des Vaters sich zeigte.

Einer der ewig gleich verlaufenden öden Sonntage mit seinen Pflichten, die bereits auf die Mädchen warteten, von der Kleiderordnung bis zum nachmittäglichen Kartenspiel und der Kaffeestunde, wurde zu einem unglaublichen Tag. Der Großvater war in der Nacht gestorben, an einem Herzinfarkt. Das Wort klang in jenen

Jahren wie eines aus einer Geheimsprache. Was das bedeutete, war nicht erklärbar. Der Vater blickte ernst auf seine Kinder und schloss leise die Tür.

Der Tod war auf ihr junges Leben geprallt, dass ihnen die Luft wegblieb. Es war ihre erste Erfahrung mit der Tatsache, dass es einen vertrauten und geliebten Menschen nicht mehr geben sollte.

Dass er wirklich tot war, konnten sie gerade mal dann begreifen, als sie ihn in einem der Gästezimmer seines stattlichen Hauses aufgebahrt sahen. Er sah viel zu friedlich aus, fanden sie.

Und mit jeder Sekunde, die sie ihn länger betrachteten, erwarteten sie dieses sehr laute und heftige Schnarch-geräusch, das nach dem Mittagessen, wenn er sich in seinem bequemen Lehnstuhl eine kurze Ruhepause gönnte, durch den Raum dröhnte. Aber er schnarchte nie wieder.

Man hatte ihm die Hände gefaltet. Dagegen hatte er sich sicher gewehrt, so schien es den Mädchen. Der Ehering war nicht ganz ordentlich an seinem Finger, eine kleine Hautfalte verriet etwas von einem kurzen Kampf. Das sollte sich bei ihnen einprägen. Sie verdächtigten beide die Großmutter, die mit ihrem religiösen Eifer bestimmt dafür hatte sorgen wollen, dass ihr Mann in den Himmel kam, in einen Himmel, den dieser Mann nie in seinen Gedanken gehabt hatte.

Das Schwerste war jedoch, und damit begann der Tod real zu werden, dass am folgenden Tag bei minus 15 Grad der Sarg mit dem Großvater in die Gruft herunter gelassen wurde. Polternd fiel die nun gefrorene Erde darauf.

Die zahlreichen Trauergäste wurden der Sitte entsprechend mit Tee und Kuchen und natürlich mit wärmendem Schnaps bewirtet.

Am Abend, als die Mädchen im Obergeschoss des Hauses mit den kupfernen Wärmflaschen in ihren noch kalten Betten lagen und ihre Gedanken bei dem in ungewohnter Kälte zwangsweise ausharrenden Großvater waren, drangen laute Worte an ihr Ohr, Türenschlagen, Drohungen und Beschimpfungen wechselten wie um die Wette.

Einige Tage später, wieder zu Hause mit einer trauernden Mutter, die ihren Vater über alles bewundert, gefürchtet und geliebt hatte, wussten sie, dass das der erste Streit um das Erbe gewesen war, das der Großvater hinterlassen hatte.

Auf diese Weise erwachsen zu werden, sollte verboten sein.

Inselträume

Ich bin eine Expertin, Expertin der Imagination - habe ich immer gedacht. Aber dann, irgendwann mit Anfang zwanzig, war mit einem Schlage das Leben schneller als alle meine Vorstellungen. Ich hatte Mühe, mich nicht abhängen zu lassen, nicht aufzugeben, so bunt und irrsinnig konnte die Wirklichkeit doch gar nicht sein.

Da war niemand in meiner Nähe, den ich hätte befragen können, ein wenig Sicherheit zu gewinnen, ob alles mit rechten Dingen zugehe.

Also blieb mir nichts anderes übrig, als die unbekleidete Wasserleiche, die auf einen Eselskarren gelagert, unbedeckt, in der grellen Sonne eines subtropischen Märztages den Augen der Lebenden ausgesetzt war, die sich ebenfalls von dieser Fähre ans andere Ufer befördern ließen, zur Kenntnis zu nehmen wie etwas Gewöhnliches.

Das Erstaunliche war das Nichtvorhandensein einer Befangenheit unter den Mitreisenden. Und immer wieder diese Anziehungskraft zu spüren, die von diesem aufgedunsenen Männerkörper ausging. Verstohlen beobachtete ich, ob es nur mich gab, die in Abständen diesen Blick riskierte. Fast glaube ich, dass es so war. Ob ich das heute noch so genau sagen kann? Ich hielt meine Minox wie immer in der Hosentasche fest im Griff, nachdem mir bereits zwei daraus gestohlen worden waren.

Oder umklammerte ich dieses kleine Stück Metall nur deshalb, weil ich stark in Versuchung war, es genau an diesem Objekt einzusetzen?

Irgendwann war diese Fahrt zu Ende, und mein Begleiter stolperte von Bord, ohne ein Wort über den Toten verloren zu haben. Da wir gemeinsam aufgebrochen waren, folgte ich ihm selbstverständlich.

Ich habe allerdings schon immer gern hinter die Dinge geschaut; das tut man als Experte der Imagination auch. Wie kommt man sonst zu einem Vergleich zwischen Phantasie und Wirklichkeit und weiter zu der Erkenntnis, dass das Leben selbstverständlich mehr bietet als die Phantasie ahnen lässt.

Da die Wasserleiche weder in den folgenden Stunden noch Tagen zu einem Thema wurde, wurde ich zunehmend ungeduldiger. Auch wenn ein Menschenleben in Lateinamerika nicht so viel wert zu sein schien wie in unserem gemütlichen und vergleichsweise sicheren Europa, war doch immerhin ein Mensch, noch dazu ein Weißer, umgekommen. Dass er sich freiwillig auf diese Weise aus dem Leben hatte verabschieden wollen, kam mir nicht in den Sinn. So unbekleidet auf einem Karren an Land gebracht zu werden, schien mir zu wenig der Würde. Das war es eigentlich, was mich erboste.

Was konnte ich dazu beitragen, dass er die ihm zustehende Würde zurückgewann? Sollte ich hinter denen herlaufen, die sich offen-sichtlich zur Aufgabe gemacht hatten, ihn irgendwo abzuliefern? An einem Ort, der seine letzte Ruhestätte werden sollte. Was sonst könnte dieser Ort sein als ein Friedhof in diesem katholischen Land, zumindest für einen Weißen?
In der örtlichen Zeitung fand ich anderntags keinen Hinweis auf den Fund, auch in den nachfolgenden nicht. Der Tote wurde einfach ignoriert.

Natürlich konnte es sein, dass eine Todesanzeige veröffentlicht worden war, die ich nur nicht als die seine erkennen konnte, da ich seinen Namen nicht wusste.

Meine einseitige Bekanntschaft mit der Wasserleiche, ich gehe davon aus, dass sie mich nicht wahrgenommen hat, hatte zur Folge, dass für mich eine neue Zeitrechnung begann.

Bis zu diesem Tag kannte ich nur eine einzige Leiche, das war mein Großvater mütterlicherseits, auch ein weißer Mann, der, wohlhabend und an den Folgen starken Rauchens leidend, sich vorzeitig aus der Familie verabschieden musste.

Er jedoch hatte auch noch auf dem Totenbett jene Würde besessen, die ich an dem Fremden vermisste. Dezent geschminkt, um den trauernden Verwandten, die sich zwar am Tage seiner Beerdigung schon um den Nachlass stritten, aber zunächst in der Trauer vereint im extra für die Aufbahrung hergerichteten Zimmer Abschied nahmen, ein Familienoberhaupt der Erinnerung zu übergeben, dem es auch jetzt nicht an Autorität, die er zeitlebens verkörpert hatte, mangelte und auch nicht an Strenge, hinter der ich immer vermutet hatte, es mache ihm in Wirklichkeit nur Spaß, streng zu sein und sei eigentlich kein Teil seines ursprünglich gutmütigen Charakters.

Auf dem Totenbett, mit ordentlich gefalteten Händen, die ich so nie zuvor an ihm gesehen hatte, war er auch im Tode wer. Aber irgendwie kam er mir vergewaltigt vor, und ich klagte still meine Großmutter an und vielleicht auch die Schwiegertöchter, die hier sicher nachgeholfen hatten.

Er selbst war ja gar nicht in der Lage gewesen, vor dem Ableben schnell mal eben die Hände zu falten wie zum Gebet. Das war die Rache eines oder mehrerer Angehöriger. Ich ging in meinem Urteil allerdings nicht so weit, dass ich seine Würde durch diesen Eingriff in Mitleidenschaft gezogen sah.

Meine Wasserleiche würde vielleicht auch noch mit gefalteten Händen wieder auffindbar sein, nachdem das viele Meerwasser den Körper verlassen hatte.

An jenem Wochenende, als diese Rückfahrt von der kleinen Insel im Süden Brasiliens auf das Festland stattfand, war ich mit meinem Begleiter wieder einmal unterwegs gewesen, um unserem erst kurz zuvor entdeckten gemeinsamen Verlangen nachzukommen, wo immer es möglich war, miteinander zu schlafen. Wir taten zwar alles andere, nur schlafen nicht. Woher dieser merkwürdige Ausdruck kam, wusste ich damals und weiß ich auch heute noch nicht.

Es war eine Art Besessenheit, die uns trieb, aus der Stadt in die Anonymität zu fliehen, unerkannt, so dachten wir, und ohne Kontrolle das so ausgiebig zu tun, wonach uns verlangte. Auch diese Begegnungen zähle ich zu denen, die mich als frühere Expertin für Imagination staunen ließen. Denn so hatte ich mir die Beziehung zu einem Mann nie vorgestellt.
Er war zwar nicht der erste Mann in meinem Leben, aber der erste, den ich auf die Geschlechtsmerkmale an Ober- und Unterkörper zu reduzieren im Stande war. Und das Merkwürdige, was mir auch zu jener Zeit ganz klar war, lässt sich in kurzer Beschreibung darstellen: er war weder vom Aussehen noch vom Wesen her mein Typ oder was ich damals für meinen Typ hielt.

Er war ungefähr 1,80 m groß, dicklich, tänzelte mehr als er ging, hatte wasserblaue Augen und blonde Haare. Zur

Vollendung seiner Schönheit verfügte er über eine kleine Zahnlücke zwischen den oberen Schneidezähnen. Warum ich dies alles noch so genau weiß? Es ist wie mit der Wasserleiche, jenseits der Imagination, dass dies der Mann war, der in mir ein derart heftiges Verlangen nach körperlicher Vereinigung hervorrufen sollte. Deshalb gehören diese beiden auch zusammen. Es war eine Zeit in meinem Leben, die mich schlagartig erwachsen werden ließ, eine Klarheit der Gedanken war das Ende der einen sowie der anderen Beziehung. Ich nenne das mal so.

In dem Moloch, dieser überdimensionierten Großstadt, ging ich meiner Arbeit in einem deutschen Unternehmen nach, die mich während der Woche so ziemlich im Griff hatte. Ich lebte in Gemeinschaft mit meinem Ehemann, dem ich emotional eng verbunden, dem ich jedoch körperlich abgeschworen hatte. Diese Formulierung klingt zu hart, es war kein bewusst vorgenommener Schritt; es war einfach so, dass ich ihn eines Tages nicht mehr riechen konnte. Jeder, der erfahren hat, wie wichtig das Urteil der eigenen Nase ist, wird Verständnis oder gar Mitleid mit mir haben.

Nichts lag mir ferner, als meinen Mann zu kränken oder zu hintergehen. Was konnte ich tun, um mich beziehungsweise meine Nase zu täuschen. Mir war nichts eingefallen. Und das Schlimmste von allem war die Tatsache, dass ich zu jener Zeit nicht den Mut aufbrachte, ihm die Wahrheit zu sagen.

Wenn einer meiner Leser diese Erfahrung einmal gemacht hat, weiß zumindest der, wovon ich rede. Die einer solchen Erfahrung innewohnende Tragik sucht ihresgleichen.

Ich kam mir irgendwie verraten vor. Ich hatte das Beste an Plänen mitgebracht aus meiner Heimat, um hier mit dem Mann, den ich liebte, unser künftiges gemeinsames Leben mit all den Hoffnungen zu beginnen, mit denen junge Menschen ausgestattet sind, die das Leben vor sich haben.

Endlos zieht es sich in Gedanken, mit vielen Möglichkeiten; alle Türen lassen sich öffnen, die Tür, bei der das nicht gehen würde, die möchte man sehen in diesem Alter, Mitte zwanzig. Diese Tür gab es auch für uns nicht. Und dann diese Liebe, diese Zusammengehörigkeit, diese Unmöglichkeit der Vorstellung, einer könne ohne den anderen leben, in so jungen Jahren schon.

In dieser Sicherheit also war ich bei ihm aufgehoben, als ich eines schönes Tages aufwachte und diesen Menschen mit dem für ihn typischen, nicht austauschbaren Geruch ablehnen musste.

Als halbwegs gebildeter Person waren mir verschiedene Phänomene bekannt, bei denen körperliche Veränderungen vorgeschoben wurden, um sich aus der Affäre zu ziehen, und in Wirklichkeit spielte die Psyche den Betroffenen einen Streich. Aber so war es in meinem Falle nicht.

Den Mann an meiner Seite aufs innigste zu lieben und ihn von einem Tag auf den andern in seiner Körperlichkeit ablehnen zu müssen, das tat enorm weh. Viele Stunden nach den qualvollen Versuchen seinerseits, die Ursache für mein verändertes Verhalten zu finden, verbrachte ich damit, einen Ausweg aus dem Dilemma zu finden und damit eine Lösung für uns beide.

Das führte letztlich zu der Entscheidung, dass wir unser Leben ab diesem Zeitpunkt wie Bruder und Schwester weiterführten. Nur aus diesem Grunde, so bin ich heute überzeugt, war ich überhaupt in der Lage, diesen anderen Mann vor allem bauchabwärts zu schätzen und mir das zu holen, was ich in meiner Liebe nicht mehr hatte. Es schmerzte jede Begegnung, weil sie mich gleichzeitig verletzte, wenn sie mir auch meine sexuellen Bedürfnisse stillte.

Aber eben nur diese, losgelöst von dem, was den Partner eigentlich ausmacht. Hinzu kam, dass ich meinem trauernden Mann nicht helfen konnte. Er akzeptierte nach außen hin meine Beziehung; aber ohne Verletzungen ist er nicht geblieben.

So kam es also zu den Begegnungen, die nach immer dem selben Muster abliefen und keinen Raum ließen für Gedanken oder Pläne in eine Zukunft hinein. Wir fielen wie die Tiere übereinander her, unabhängig von der Umgebung, in der wir uns gerade befanden.

Wir ließen erst voneinander ab, wenn wir derart ermattet uns wiederfanden, dass einer von uns das Stopzeichen gab. Ihm schien es zu behagen, unterhalb der Gürtellinie meinen Mann ausgestochen zu haben, diesen frisch importierten großen schönen Mann mit den braunen

Augen, den sowohl die brasilianischen Frauen als auch die Männer auf dieselbe Art wahr nahmen wie ich seinerzeit, als ich mich in ihn verliebte. Wenn ich ihn heute betrachte, fehlt mir die notwendige Distanz, ihn als schönen Fremden zu sehen. Aber ich wusste, was ich an ihm hatte, und dass meine Wahl trotz der neuen Entwicklung die richtige gewesen war.

Die Leiche spukte indes noch eine Weile in meinem Kopf herum; Bilder eines aufgeblähten Körpers, bleich und unförmig wie erkaltetes Wachs, bahnten sich ab und zu einen Weg in mein Bewusstsein. Ich jonglierte damit hin und her, mein Ehrgeiz spielte mit ihm. Hatte ich eine Wunde übersehen, war eine Waffe mit transportiert worden, hatte es offizielle Vertreter von Gendarmerie oder Gemeindeverwaltung an Bord gegeben?

In jener Zeit wurde das wunderbare Brasilien noch von einer Militärdiktatur beherrscht, die Freiheit der Persönlichkeit und die Freiheiten der Person gab es nur auf dem Papier, wenn überhaupt. Und wir Ausländer liebten das Land umso mehr, auch wenn wir bei der Einreise als ausgewiesene Einwanderer unsere Fingerabdrücke mit schwarzer Tinte auf den Dokumenten hinterlassen mussten. Wir waren zu jung und sorglos und sollten erst mühsam davon überzeugt werden, dass die Welt nicht nur von guten Menschen bevölkert war.

Hinter mir und meinem Mann lag eine Jugend, in der viele Fragen an unsere Eltern nicht beantwortet worden waren.

Was waren das für Menschen, die das Dritte Reich überlebt hatten und jetzt alles taten, um wirtschaftlich wieder auf die Füße zu kommen? Unsere Fragen wurden weg gewischt wie lästige Fliegen, unser Nachfragen wurde nicht oder nur mit Verärgerung zur Kenntnis genommen. Wir lebten auch hier irgendwo zwischen Phantasie und vergangener Wirklichkeit.

Die Gegenwart glich einem Vakuum, aus dem erst noch etwas Neues, Großes entstehen sollte. Wir, die Nach-kriegsgeborenen, fühlten uns wie die ersten Lebewesen nach dem Urknall. Wir waren ohne Schuld und litten genau daran.

Es gab für uns keine Vorbilder, auf die wir so dringend angewiesen waren. Meinem Schwiegervater fehlte fast das ganze rechte Bein, meinem Vater ein Teil der Lunge, und beiden fehlte offenbar partiell das Gedächtnis. Was sollten wir mit diesen Männern, die sich als Autoritäten aufspielten.

Die Mütter zuckten mit den Schultern. Darin lagen ein Bedauern, große Resignation und der Wille, zu retten, was zu retten war. Und wir taperten ihnen mit unseren Fragen vor die Füße, brachten sie jedoch nicht ins Wanken. Vielleicht in einsamen Nächten bei heimlich geweinten Tränen.

Dabei wollten wir eigentlich nur begreifen, was geschehen war und was man so systematisch und streng vor uns versteckte. Es ist erstaunlich genug, dass wir dennoch mit einer Art Grundvertrauen aufwuchsen. Rückblickend grenzt es fast an ein Wunder.

Eines Morgens, einige Wochen waren inzwischen vergangen, griff ich wie immer beim Frühstück zur Zeitung. Aber dieses Mal war etwas anders als sonst. Ich fand ein Foto von seltenem Format, schwarzweiß, ein Foto, das nicht von meiner Kamera erzeugt worden war, sehr wohl aber von meinem Auge als das wieder erkannt wurde, was ich gern gemacht hätte, wozu mir jedoch der Mut gefehlt hatte.

Die Wasserleiche war zu mir zurück gekehrt. Ich las, ging mit der Zeitung in der Hand auf die Suche nach einer Schere, las noch einmal.

Mein Mann amüsierte sich, nicht ahnend, um was es sich handelte. Meine Bewegungen zum Frühstück müssen ihm fremd erschienen sein. Die Zeitung legte ich beiseite. Neben meinem Frühstücksteller lag der Ausschnitt, Foto mit Text.

"Ein Deutscher", sagte ich dann und schob ihm das Papier zu, „35 Jahre lebte er unbehelligt unter falschem Namen im Süden Brasiliens auf einer kleinen Insel. Eine Nazi-Größe. Sollte an Deutschland ausgeliefert werden. Hat sich vergiftet und ist dann ins Wasser gegangen."

Mein Mann betrachtete das Foto, schüttelte den Kopf, sah mich an. "Ekelhaft, eine Zumutung", das war alles, was er sagte.

Den anderen Mann habe ich seitdem nur einmal kurz wieder gesehen, um ihm zu sagen, dass wir uns nicht mehr treffen werden.

Das war für ihn schwer zu akzeptieren, hatte er sich doch eben erst entschlossen, seine Geliebte, die er in Rio in einem Apartment aushielt, aufzugeben. Er verfolgte mich einige Zeit und ließ erst locker, nachdem er mir telefonisch mitgeteilt hatte, er würde eine Cousine heiraten. Eine geschiedene Frau, die ich ja dann zweifellos gewesen wäre, käme sowieso nicht in Frage, bei seinem familiären Hintergrund.

Was ich bis heute nicht beantworten kann, und das ärgert mich sehr, ist die Frage, ob die Wasserleiche etwas mit meiner Entscheidung zu tun gehabt hat. Was ich nachträglich herausfand: mein Liebhaber war Deutsch-Brasilianer.

Die Nacht bei Joe

Der alte Joe Cocker krähte sein „What's going on" in das Mikrofon, als Bianca es an der Zeit fand, sich auf dem Boden einen Platz zu suchen, um sich dort niederzulassen, ohne irgendwelchen taktgebenden Füßen im Wege zu sein.

Ihr Rücken fand Halt an dem Mischpult, das in der Mitte des Stehraums aufgebaut war. Gott sei Dank, der Zwang, dem kurzbeinigen, alt gewordenen Sänger ständig ins Gesicht sehen zu müssen, war wohltuend auf eine spätere Stunde verschoben.

Sie hörte ihm gern zu, auch wenn sie sich bei dem Gedanken erwischte, dass mit seinem Gebiss irgend etwas nicht in Ordnung sein konnte. Als wäre es ein drittes, nicht optimal an den Gaumen angepasstes.

Eine Schande, solchen Überlegungen nachzugeben, während Musiker und Sänger sich dort oben verausgabten. Denn das taten sie wirklich, mit vollem Einsatz der Stimmen und der Körper. Das Violinsolo von Jerry Goodman drang in Biancas Seele. Es war ein wunderbares Stück. Sie entspannte langsam.

Vor der Bestellung des Tickets hatte sie genau überlegt, ob sie sich das antun sollte nach so langer Zeit. Die Sehnsucht nach jemandem, der authentisch war, hatte sie schließlich getrieben.

Große Worte, die bestimmt überzeichnet und unwahrhaftig klangen, dachte sie, als sie so auf dem Boden hockte, mit angezogenen Beinen, Kopf und Rücken angelehnt an das Mischpult, die Augen geschlossen. Konnte ein Künstler auf der Bühne überhaupt authentisch sein?

Bald war der tänzelnde Mann verschwunden, die Stimme blieb. Und die Instrumente, mit sehr viel Gefühl gespielt und geführt, entrückten Bianca. Selbst der Beifall nach jedem Stück vermochte sie nicht aus ihrer meditationsähnlichen Stimmung zu holen.

Sie war allein. Die Texte drangen in ihr Bewusstsein, und sie spürte ihre große Einsamkeit inmitten der begeisterten Menschenmenge. Wenn sie auch gewollt hätte, mit wem hätte sie an diesem Ort ihre Empfindungen teilen können.

In Augenblicken wie diesem konnte der Schmerz so ausufern, der Schmerz darüber, dass sie ihren Liebsten verloren hatte. Die Tränen liefen langsam über ihre Wangen, feucht und warm.

Bianca hemmte sie nicht. Niemand würde das wahrnehmen. Und wenn auch. Nicht, dass Bitterkeit in ihren Gedanken zu finden war; es war schlimmer, denn diese Sehnsucht, Schönes im Leben mit jemandem teilen zu dürfen, war oftmals so stark, dass Bianca erschrak.

„Don't let me be lonely tonight", sang Joe, und Biancas Tränenstrom rann und rann, als ob er nie wieder würde versiegen können.

Endlich, endlich fühlte sie sich freier.

Als sie dann einmal zwischendurch die Augen aufschlug, kamen ihr die Gesichter der Zuhörenden wie verloren vor. Ahnten sie, wie nah Glück und Unglück liegen konnten? Junge Pärchen hatten sich an die Hand genommen, ältere lehnten sich aneinander, als wäre ihnen diese Bestätigung des Zusammenseins ein Bedürfnis.

Wo immer sie sich befand in der großen Stadt, war sie allein. Sie hatte das nicht gewollt. Anfangs schon. Unvorstellbar, dass ihre Augen jemanden gesucht hätten, der sich vielleicht für sie interessierte. Auch hier und jetzt in der großen Menschenmenge schien es zu spät zu sein, noch einen Zipfel dessen zu erwischen, was ihre Einsamkeit wenigstens in kleine Zeiteinheiten verwandeln könnte, in eine Begegnung, die auch gleichzeitig die Anwesenheit von Wärme bedeutete.

Wenn sie sich vorstellte, und das tat sie zuweilen, das ginge bis an ihr Lebensende so weiter, würde sie lieber heute als morgen verschwinden. Nur war das leicht daher gesagt.

Bianca saß immer noch in der selben Haltung und wunderte sich über die Länge des Konzerts. Es hörte sich nicht so an, als wäre bald das Ende gekommen. Irgend etwas musste das schließlich ankündigen. Sie hörte das Auf- und Abbranden des Beifalls, die wiederkehrenden Rufe nach Zugaben und freute sich über jede gespielte und gesungene Note. Bilder stiegen vor ihren Augen auf. Und sie tauchte ein in die Vergangenheit.

Jemand zupfte am Ärmel ihrer Jacke und wie von fern hörte sie Stimmen und Geräusche, die nicht zu dem zu passen schienen, was in ihren Gedanken und in ihrer Erinnerung vor kaum verronnener Zeit gewesen war. Sie schlug die Augen auf und sah, wie ein Mann sich über sie beugte und ein anderer daneben ihm etwas zuflüsterte, was sie nicht verstand.

„Ich glaube, Sie sollten aufstehen, das Konzert ist zu Ende", sagte der eine, der sie am Ärmel gehalten hatte. Bianca schüttelte leicht den Kopf, lächelte ihn dann an und sagte: „Ja, leider."
Sie stand auf, reckte sich ein wenig und sah sich um. Die große Arena war leer bis auf die Techniker und ein paar Kellner, die Gläser einsammelten.
Bianca fröstelte. Sie war auf gleicher Höhe mit dem Mann, der offensichtlich zum Ordnungsdienst gehörte.
„Ist alles in Ordnung?" sagte dieser dann auch wirklich. Verwundert schaute sie ihm in die Augen. Aber so keck war sie nicht lange. Sie senkte den Blick und schloss umständlich ihre Jacke. Dann wickelte sie das Halstuch auseinander, um es schließlich wieder umzulegen. Unentschlossen stand der Mann immer noch an ihrer Seite.

"Sind Sie allein hier", fragte er leise, als sich die anderen endlich abgewandt hatten.

„Ja", sagte Bianca wahrheitsgemäß und setzte zum Gehen an. Sie hatte gerade zwei Schritte zum Ausgang hin getan, als der Mann noch einmal ihren Ärmel, dieses Mal mitsamt dem Ellenbogen, ergriff.

Bianca hielt inne und sah ihn an. „Was ist", fragte sie nicht eben unfreundlich, eher geschäftsmäßig.

„Ich würde Sie gern begleiten, wenn Sie erlauben".

Bianca erfasste mit geschultem Blick, dem nichts entging, Statur und Sosein des Mannes und antwortete: "Es tut mir leid, ich weiß nicht, wozu das gut sein sollte. Aber trotzdem, danke schön".

Bedauernd winkte sie ihm kaum merklich zu, einen entschuldigenden Blick sandte sie nach. Der Mann schien enttäuscht, und das tat ihr aufrichtig leid. "Auch so einer", dachte sie, „dabei sah er doch ganz nett aus."

Einer der vielen Singles, die durch die Gegend laufen wie Falschgeld und denken, man merke es ihnen nicht an, wenn sie den vielbeschäftigten, kontaktfreudigen, lebenslustigen und erfolgreichen Mann spielen, und hinter ihren Augen lastet eine Einsamkeit, die weh tut und auch so unnötigerweise vorhanden ist.

Zahlenmäßig ginge die Rechnung auf, besser als auf den Dörfern, wo der Jungbauer verzweifelt ein Weib sucht und dies nicht findet, weil es mit der Heirat nicht getan ist, sondern schwere Arbeit auf dieses Weib wartet.

Aber eben nur zahlenmäßig. Dasselbe Phänomen wie bei der Arbeitslosenstatistik: mehr angebotene freie Stellen als Arbeitssuchende, und trotzdem verändert sich nichts zum Guten.

"Bin auch ich zu wählerisch oder bin ich schon zu lange allein?"

Diesen fast schon zu einer rhetorischen Frage verkommenen Satz leistete sich Bianca an manchen Tagen. Sie hielt sich jedoch nicht lange damit auf, da ihr Verhalten einige Stunden später, gut analysiert von Fachleuten, genau das belegte, was sie immer wieder als Frage in den Raum stellte. Versaut durch die eigenen Ansprüche, ängstlich, etwas preisgeben zu müssen, Grenzen zu öffnen, Verantwortung zu übernehmen und Rücksicht. Ja, vor allem auch Rücksicht zu nehmen, was kaum in der beruflichen Umgebung noch möglich und üblich war, hatte sie fast vollkommen verlernt. Toleranz zu zeigen und nicht zu erwarten, mit jemandem jeden Tag und in allen Dingen einer Meinung zu sein.

Schatten

Sie wusste, dass es geschehen würde, eines Tages, und auch nicht überraschend. In den zurück liegenden zehn Jahren war jedoch nichts am Horizont aufgetaucht, was darauf hindeutete, dass dieser Tag auf einmal so nah sein sollte.

Der Aufbruch in das Krankenhaus glich der Vorbereitung zu einem Frühlingsspaziergang. Der Unterschied bestand lediglich darin, dass man auf einen Spaziergang höchstens einen kleinen Rucksack mitnehmen würde, weder Zahncreme noch Shampoo noch einen Haartrockner.

Merkwürdig war, sich einzuliefern, ohne Schmerzen zu spüren. Und den Himmel in einem Blau über sich gespannt zu sehen bei Temperaturen von mehr als zwanzig Grad, begleitet von explodierendem Grün an Bäumen und Sträuchern.

Einfach widersinnig, hatte es doch viele Wochen zuvor so ausgesehen, als wolle der Frühling ausbleiben. Und ausgerechnet an diesem Tag sollte Katharina eintreten in eine Gemeinschaft von Ausgelieferten, denen nichts übrig blieb, als sich den Anweisungen von Ärzten und

Pflegepersonal zu fügen, den Bettnachbarinnen zu unterstellen, dass sie dieselben Interessen und Vorlieben hatten wie sie selbst, den Putzfrauen zu trauen, dass sie nicht mit dem selben Putzlappen Waschbecken und Toilette bearbeiteten.

Was an ihrem Körper getan werden musste, sollte bestmöglich durchgeführt werden und ohne Folgen bleiben. Spätestens in einer Woche wollte sie wieder zu Hause sein, erleichtert um ein paar Gramm Körpergewebe und ein paar Kilogramm, die ihr auf dem Herzen gelegen hatten.

Zwei Stunden nach der vereinbarten Zeit konnte sie ihr Bett in Besitz nehmen, das mittlere von dreien. Sie standen in einer Reihe. Wenig Raum war zwischen ihnen für die Beistellwagen mit den winzigen Behältnissen für die Dinge, die man als möglicherweise kurzfristig ans Bett gefesselter Insasse gern in der Nähe hatte.

Der Blick aus dem letzten Stockwerk in den Park lohnte sich. Sie stellte sich vor, dass es nicht lange dauern würde, bis auch sie dort unten lustwandelte.

Zu ihrer Linken saß eine offensichtlich deutsche Frau in mittleren Jahren, zur Rechten eine dunkelhäutige zierliche Frau, in einen Sari gekleidet und freundlich, aber geschäftsmäßig lächelnd und in einem Geometriebuch lesend. Wie sich herausstellte, war sie Somalierin und sprach das Personal auf Englisch an. An ihrer Haltung war zu erkennen, dass sie die Operation hinter sich hatte.

Katharina war noch nicht entschlossen, die Kleidung zu wechseln. Sie wartete auf das Mittagessen, das man ihr noch zugestanden hatte, da die Operation am Folgetag stattfinden sollte.

Auf dem gynäkologischen Stuhl halb sitzend, halb liegend, mit gespreizten Beinen jungen Ärzten ausgesetzt, die umgehend ihren sonst so bedeutenden Status als Mann verloren, ließ Katharina sich auf die Sonografie und die sachlich gestellten Fragen der beiden ein, die sich sofort wieder in Männer verwandelten, als Katharina den Slip übergestreift und den Rock herunter gezogen, stehend ihre Würde zurück gewonnen hatte.

Nicht ohne Humor und mit dem Versprechen, ihr eine Kopie der Ultraschallaufnahme zukommen zu lassen, verabschiedeten sich die Ärzte. Einer von ihnen würde der Operateur sein.

Der Besuch der Anästhesistin dauerte etwas länger. Danach war Katharina vorbereitet auf das, was ihr bevorstand. Sie spürte keine Angst.

Merkwürdigerweise war mit dem Augenblick, als die Entscheidung getroffen war, sich behandeln zu lassen, die Überantwortung ihrer Person klar gemacht. Sie, die sonst selten das Heft aus der Hand gab, fragte sich nicht zum ersten Mal, warum ihr das bei Krankenhausaufenthalten so leicht fiel.

Wohl wissend, dass jeder Mensch, auch der Arzt, Fehler beging, manchmal irreparable, trat sie ein und ließ ihre Angst vor der Tür.

Es war jedoch das erste Mal in ihrem Leben, dass in ihrer Handtasche ein Papier zu finden war, das man Patientenverfügung nannte. Auch am Abend hatte sie dieses noch nicht abgegeben. Schließlich gelang ihr die Übergabe an die Nachtschwester, die versprach, es in die Akte zu legen. So war auch das erledigt.

Eine Beruhigungstablette für die Nacht vor der Operation lehnte Katharina dankend ab.

Sie fühlte sich gut aufgehoben. Ihre Operation sollte die zweite am Morgen sein. Die deutsche Nachbarin war vor ihr an der Reihe. Beide waren sie von ihren behandelnden Ärzten direkt im Krankenhaus angekündigt worden. Es gab Beziehungen zu den Krankenhausärzten, was sich offensichtlich, wie sich später auch zeigen sollte, positiv auswirkte.

Die Nacht kam und mit ihr der Schlaf. Bei geöffnetem Fenster schliefen die zwei Frauen, mit ihren unterschiedlichen Träumen zogen sie durch die milde Nacht auf einen Tag zu, von dem ihnen einige Stunden abhanden kommen würden. Sie waren darauf vorbereitet.

Als ihre Nachbarin am Morgen endlich abgeholt wurde, lag Katharina noch über eine Stunde auf ihrem Bett in einer Stimmung, die ein Gemisch war aus leiser Unruhe, wann es endlich soweit wäre, Gedanken an die Zeit danach und einer merkwürdigen Trägheit, die sich auch ohne Tabletten eingestellt hatte.

Um 9.45 Uhr kamen zwei Schwestern und schoben gemeinsam das Krankenbett in den Vorbereitungsraum zum OP-Saal. Das Verkehrsaufkommen war so hoch, dass in einer Seitenpassage Halt gemacht werden musste, um einem anderen Bett die Vorfahrt zu lassen. Es gab noch keine Ampeln auf diesen Straßen. Katharina lag entspannt und neugierig unter dem Laken und hörte drei Auszubildenden zu, die über ihre veränderten Arbeitszeiten sprachen, die das Ende des Streiks im Mai mit sich bringen würde. Katharina existierte für diese Mädchen nicht. Sie plauderten munter drauflos in diesem Wartesaal. Katharina war belustigt. Was sollte auch ein junges Mädchen mit diesen Patienten anfangen, denen man immerhin im OP-Saal etwas Gutes angedeihen lassen wollte, was in der Mehrheit der Fälle wahrscheinlich auch zu einem ebensolchen Ergebnis führte. Krankenschwester war offensichtlich ein Beruf oder eine Ausbildung wie jeder andere.

Der Stau hatte sich aufgelöst und Katharina wurde von einer Anästhesistin gefragt, ob sie ihre Beruhigungspille bereits eingenommen habe. Katharina verneinte, nicht ohne hinzuzufügen, dass diese normalerweise bei ihr zu einer gegenteiligen Wirkung führte. Sie wurde auf ihre Bitte hin, da ihre Füße kalt waren, mit einer zweiten Decke zugedeckt.

Die Ärztin, deren dunkle geschminkte Augen aus dem Grün ihrer Verkleidung hervorleuchteten, erklärte ihr, dass sie noch eine Armschiene anzubringen habe.

Das war nicht so einfach, wie sich heraus stellte, denn der Vorrat war aufgebraucht. Deshalb wurde eine provisorische Schiene gebastelt, bestehend aus einem dicken Frotteehandtuch, das, um den Arm gewickelt, mit diesem in einer Schlinge gehalten werden sollte. Gerade in dem Augenblick, als das Kunstwerk beendet war, kam die leitende Schwester und fragte, was das denn solle. Schnell beschrieb sie der Ärztin, wo sie die notwendigen Utensilien finden könne (diese war offensichtlich neu in dem Krankenhaus) und dass das Provisorium zu entfernen sei.

Es dauerte noch eine Weile, bis Katharina fachgerecht verschnürt auf der Bahre lag. An ihrem linken Ohr hörte sie den Satz: „Dann schlafen Sie schön, bis gleich." Aus den Augenwinkeln sah sie, dass das der Oberarzt gesagt hatte, der sie operieren würde.

Die Ärztin erklärte ihr, dass sie jetzt die Zugänge legen würde und kam bald darauf mit der Sauerstoffmaske. Katharina beantwortete einige Fragen und merkte dann, wie sie langsam, aber angenehm einschlief. Träume gab es wohl nicht.

In einer großen kalten Halle voller Bettgestelle mit menschlichen Aufliegenden kam sie wieder zu Bewusstsein. Irgendwo schrie und quengelte laut eine Frau, sie wolle ihren Freund und ihre drei Kinder sehen. In einer anderen Ecke weinte ein Kleinkind. Katharina sah einen jungen Mann in Zivilkleidung, der an das Bett eilte, um offensichtlich sein Kind zu beruhigen.

So lag sie eine Weile und hörte die fremdesten Geräusche, mit denen sie nicht das Geringste zu tun hatte, die aber um sie herum waren und gegen die sie sich nicht zur Wehr zu setzen brauchte, da in ihr keine Emotionen geweckt wurden, es war lediglich ein Registrieren wie durch eine dünne Nebelwand.

Als man ihr Bett über die langen Flure ins Zimmer zurück rollte, war sie schon wieder abgetaucht in den Zustand der Gleichgültigkeit. Die Ankunft in ihrem Dreibettzimmer verpasste sie. Es kam aber der Zeitpunkt, da sie die Augen öffnete und schemenhaft den Umriss eines Menschen an ihrer Seite wahrnahm. Jemand sprach auf sie ein, der ihr vertraut, jetzt aber auch lästig war. Sie verspürte keine Neigung zum Sprechen und wollte auch niemanden sehen. So war es verabredet, sie erinnerte sich, und sie erinnerte den Besucher, der jedoch nicht weichen wollte. Irgendwann ging er dann doch. Es hatte sie viel Kraft gekostet, wie das Rühren in einem zähen Teig.

So lag sie wenig zurechnungsfähig, aber ansonsten wohl lebend, in einem Zustand der Lethargie, den sie vielleicht auch hätte genießen können, wäre da nicht schon wieder eine Aufgabe zu erledigen gewesen.

Ein kleiner dunkler Schatten, der eine Hand ausstreckte und auch eine Stimme hatte, sprach auf sie ein. Sie glaubte, in ihren Ohren stecke Watte. Das war es aber nicht. Sie empfand es als äußerst lästig, zuhören zu müssen und sogar noch zu sprechen, wo sie doch nur einfach in Ruhe dahin dämmern wollte. Sie hörte sich noch fragen: „woher weißt du denn, wo ich bin" und dann sagen „bitte gehe doch, ich kann gar nicht sprechen. Lass mich allein. Ich rufe dich an". Der Schatten wich nicht. Ihre Hände waren verkabelt, trotzdem versuchte sie, den Schatten damit zu verscheuchen. Es dauerte einige Zeit, bis die Umgebung schattenlos klar war.

Sie schüttelte denn auch innerlich den Kopf. Ich bin doch nicht sterbenskrank, dachte sie. Wieso stehen die alle hier um mich herum.

Da fiel ihr ein, dass es Zeitgenossen gibt, die zu jeder Beerdigung, von der sie Kenntnis haben, laufen, gerade auch, wenn sie weder den Toten noch sonst jemanden aus der Trauergemeinde kennen. Was es alles gab!

Eine Genugtuung verspürte sie jedoch. Das war das Einverständnis, das die Nachbarin zur Linken mit ihr teilte in bezug auf diese ungebetenen Gäste. Irgendwann ist Katharina dann wohl eingeschlafen.

Es war früher Abend, ein Sommerabend mit geöffnetem Fenster und viel Grün und blauem Himmel. Vögel zwitscherten ein beruhigendes Lied, und das Abendessen wurde hereingetragen.

Das alles nahm Katharina wahr. Auch, dass ihre deutsche Nachbarin offensichtlich die Operation gut überstanden hatte, mit dem Vorteil einer örtlichen Betäubung. Aus diesem Grunde war sie schon lange vor Katharina munter gewesen und hatte wohl auch etwas darauf gewartet, dass diese sich wieder aus den Kissen zurück melden würde.

Die Welt schien in Ordnung. Und die Schatten hatten sich zur Ruhe begeben, wie sich das für Schatten gehörte.

Die beiden Frauen fanden zu ihrem Humor zurück und unterhielten sich angeregt. Katharina hatte noch nicht einmal die richtige Zeit dazu gehabt, an ihrem Bauch herum zu tasten, um zu erfühlen, ob und wo es eine versorgte Wunde gab oder mehrere. Sie war zu sehr verkabelt und verdrahtet und mehrere Pflaster waren auf ihrer Bauchfläche verteilt. Das konnte warten. Es wird schon in Ordnung sein, sagte sie sich. Einen Arzt sah sie nicht mehr an dem Tag, und die Schwestern waren nicht befugt, Auskunft zu geben über das, was im Operationssaal geschehen war, wenn sie es denn überhaupt wussten.

Eine Weile nach dem Abendessen bat Katharina die Schwester, sie von der Infusion zu befreien, damit sie den Toilettenraum aufsuchen konnte. Es war nicht so einfach, sich auf die Füße zu stellen, weil die Bauchmuskeln offensichtlich beeinträchtigt waren. Sie versuchte Haltung anzunehmen. Es gelang ihr unter einigen Schmerzen, ihr Vorhaben durchzuführen. Sie fühlte sich stark und schlapp zugleich, typisch nach einer Operation mit Vollnarkose, dachte sie. Aber irgendwie war sie auch stolz.

Sie ging ein paar Schritte auf dem Flur auf und ab, bis ein leichter Schwindel sie ergriff. Da kehrte sie freiwillig um.

Am Vorabend hatten sie und die Nachbarin noch das zauberhafte Vergnügen gehabt, den Duschraum kennen zu lernen. Der konnte es von seiner Größe her nicht einmal mit einer Besenkammer aufnehmen. Und wenn Katharina sich vorstellte, dass neun Betten mit lebendem Inhalt dieser Dusche zugeordnet waren, wollte sie sich nicht so recht mit den kommenden Tagen befassen. Sie hatte diesen Raum betreten. Es gab nur einen Stuhl dort, auf dem man etwas ablegen konnte. Dieser Platz war jedoch nicht abgetrennt, so dass jederzeit der Wasserstrahl aus der Dusche die Utensilien oder Kleidungsstücke treffen konnte. Das galt auch für die Badeschuhe, die nass wurden. Es gab keinen Abzug für die warmfeuchte Luft. Zu ihrem weiteren Vergnügen hatte eine Vorduscherin ihren Slip an dem einzigen Haken an der Wand hängen lassen, auch kein erbaulicher Anblick. In einem Krankenhaus gibt es nichts, was es nicht gibt, soviel wusste Katharina. Ab Kleidergröße vierundvierzig gab es kaum noch Wendemöglichkeiten in diesem Raum, hygienisch war das wirklich nicht. Irgendwie hatten die beiden Frauen es trotzdem geschafft, das Duschbad heil zu überstehen. An eine Pilzinfektion zu denken, verbat sich Katharina. Dafür hatte sie jedoch direkt nach der Operation die ersten Herpesbläschen seit langer Zeit auf der rechten Seite ihrer Unterlippe. Das fing ja gut an. Die Schwestern waren schnell mit einer Salbe bei der Hand. Kleinigkeiten, über die man nicht viele Worte verliert.

Es dauerte nicht lang, als an die Tür geklopft wurde, sie sich einen kleinen Spalt öffnete und ein ihr bekanntes Männergesicht ihr lächelnd entgegen blickte.
Sie versuchte sich langsam im Bett aufzusetzen. Er grüßte in den Raum, auch in Richtung ihrer Nachbarin. In der Hand hatte er einen großen Blumenstrauß. Er trat an ihr Bett, nahm ihre linke Hand in seine.
„Ich war schon hier. Ich weiß genau, wie die Operation verlaufen ist. Ich durfte sogar in den Aufwachraum."
Sie überlegte kurz.

„Ach, dann warst du der Schatten, den ich wahr genommen habe."

Er strahlte sie an. „Ich habe mir große Sorgen gemacht. Aber nur, bis ich wusste, dass es gut gegangen ist."

Die Gedanken drehten sich im Kreis. Woher konnte er das Wissen haben, sie waren weder verlobt, verheiratet, noch verwandt. Sie spürte, wie ihre Gesichtszüge sich anspannten. Sie wollte sich beherrschen, soviel war sicher. Hier sollte es keine Diskussion oder gar Streit geben.

„Ja, es ist vorbei, und ich bin froh. - Willst du die schönen Blumen nicht in eine Vase geben? Die Schwestern helfen dir sicher, eine zu finden."

Er drehte sich um, legte die Blumen erst einmal beiseite, zog einen Besucherstuhl an ihr Bett und setzte sich. Er strahlte sie immer noch an.

In dem Moment klopfte es wieder an die Tür. Katharina sah auf ihre Nachbarin. Die schüttelte den Kopf, als wolle sie sagen, sie erwarte niemanden.

Eine kleine dunkelhaarige junge Frau schlüpfte durch die Tür, sah Katharina und freute sich offensichtlich. Der Mann an ihrem Bett machte eine halbe Drehung zur Tür, als er Katharina lächeln sah. Dann veränderte sich schlagartig sein eben noch so freundlich wirkendes Gesicht. Er sprang auf, schob den Stuhl weg, blickte die Frischoperierte fassungslos an.

„Ich muss gehen!" stieß er die Worte in den Raum. Katharina blieb keine Zeit für eine Antwort, da war er schon aus dem Zimmer, vorbei an der kleinen Frau, die fast durch seine abrupten Bewegungen umgestoßen wurde. Sie sah ihm noch nach, sah dann schweigend auf Katharina, lachte verlegen.

Katharina fühlte ihr Herz klopfen, bis zum Hals. Sie war den Tränen nahe, lächelte aber.

„Woher weißt du, dass ich in diesem Krankenhaus bin?"

„Ich habe bei allen angerufen und nach dir gefragt. Das war einfach. Ich war nach der Operation schon hier, aber du wolltest mich nicht."

Katharina atmete tief durch.

„Als hätte ich geahnt, dass ihr beiden hier aufeinander treffen würdet! Man kann seinem Schicksal nicht entgehen, auch wenn man noch so vorsorgt."

Die Frau kam näher. „Aber ich musste dich doch sehen! Verstehst du das nicht?"

„Und verstehst du nicht, dass ich selbst entscheiden wollte, ob und wann?"

Sie merkte, dass sie immer noch nicht ruhig atmen konnte.

„Warum ist er denn gegangen?"

„Das fragst du, wo du ihn so gut kennst! Weil er meint, er habe Exklusivrechte, jeder scheint das zu glauben. Dabei wollte ich mich nur ein paar Tage erholen, dann hätte ich euch schon angerufen. Aber garantiert hätte ich euch nicht zusammen hier auftreten lassen. Kindergarten!"

Sie verließ das Bett und zog die junge Frau in den Garten hinunter, weil ihr plötzlich der Sauerstoff fehlte.

Auf einer Bank saßen sie eine halbe Stunde in der Sonne. Dann bat Katharina ihre Freundin, sie allein zu lassen.

Als sie allein war, nur begleitet vom Vogelgezwitscher, rollten ihr die Tränen über die Wangen.

„Was soll das alles," fragte sie sich. „Sie meinen es gut mit mir, und dann endet es so."

Ihre Vermutung, dass der Mann nichts mehr von sich hören lassen und ihr auch nicht behilflich sein würde beim Verlassen des Krankenhauses, trog sie nicht.

Das Unverständnis saß lange Zeit tief in ihrem Innern und betrübte sie. Vielleicht sitzt es da noch heute.

Die falsche Generation

Es ist alles schon gesagt worden. Jedermann weiß das. Und dennoch werde ich mich der Gefahr aussetzen, dass man mit dem Finger auf mich zeigt.

Der Wind treibt die braunen und roten Blätter vor sich her, einige grüne sind auch darunter. Als hätte er ein Ziel. Mein leichter Wollmantel klebt am Rücken und wickelt sich um die Oberschenkel. Ohne es zu wollen, beschleunigt sich mein Schritt.

Mit dem Wind erreiche ich das Haus, in dem ich seit ein paar Jahren wohne, mitten in der großen Stadt, an einem kleinen Park gelegen, der den Fahrern einiger Straßenbahnlinien eine Haltestation von etwas längerer Dauer ist. End- und damit auch Startpunkt für die regelmäßigen Routen durch den großstädtischen Verkehr.

Hier, verborgen vor den Augen künftiger Fahrgäste, erlauben sich die Fahrer den Blick in die Tageszeitung und den Biss in ihr Butterbrot. Ab und zu steigt einer aus und begutachtet sein Gefährt, fast so, wie sich der Eigentümer eines Automobils durch einen Rundgang um dasselbe des ordnungsgemäßen Zustands seines Eigentums versichert.

Die Entfernung zum Rhein beträgt keine hundert Meter. Ratten laufen in der frühen Dunkelheit des Abends geschäftig hin und her. Ebenso am Morgen.

Neulich abends stand ich auf meinem Balkon im fünften Stock des Hauses und blickte hinunter auf die Strasse, weil ich eine Freundin erwartete, die ihren Wagen dort unten parken würde. Es war eine friedliche Stunde, kein Fußgänger war zu sehen, kein Auto fuhr in diesem Moment vorbei. Im Schein der Laterne nahm ich auf dem Gullydeckel Bewegung wahr.

Zunächst gelang es mir nicht, Konturen zu erkennen, alles war grau in grau. Dann aber, mit einem mal, als meine Augen sich an die Lichtverhältnisse gewöhnt hatten, gab es keine Frage mehr; das waren zwei ziemlich große Ratten, die einander auf dem Deckel des Gullys jagten.

Eine ganze Zeitlang sah ich dem Bewegungsspiel zu. Ich empfand keinerlei unangenehmes Gefühl. Ich betrachtete lediglich aus sicherer Entfernung. Dann waren die Tiere plötzlich verschwunden.

Ich nehme heute den Fahrstuhl, weil ich einfach faul bin. Manchmal bedaure ich diese Veränderung. Früher stieg ich gern die Treppen hoch. Aber seitdem ich mindestens acht Kilogramm des Überflusses an mir herumtrage, schone ich mich. Und jeden Tag nehme ich mir vor, das zu ändern. Konsequent bin ich dann in anderen Dingen und bei anderen Gelegenheiten. Ich gefalle mir auch so. Und bis jetzt hat mir niemand gesagt, ich solle gefälligst an Gewicht verlieren. Männern sagt man das nicht so leicht.

Bei meinem Nachbarn stehen wieder die Joggingschuhe vor der Wohnungstür. Wenn man den Leuten das doch abgewöhnen könnte. Ich empfinde es als Grenzüberschreitung. Genauso wie die Tatsache, dass mein Badezimmer, das kein Fenster besitzt, mich mit täglich wechselnden Gerüchen empfängt. Mal ist es Zigarettenrauch, der den Lüftungsschacht verlässt, was er eigentlich nicht dürfte; mal ist es ein Parfum, mal ein Badeöl. Das finde ich ekelhaft.

Meine Freundin macht sich über mich lustig. Komisch, dass es sie nicht stört. Vielleicht werde ich nur langsam, aber sicher alt. Dabei feierten wir im Spätsommer meinen 44. Geburtstag. Meine Freunde sind fast ausnahmslos älter als ich. Meine Freundinnen auch. Als wäre ich in die falsche Generation hineingeboren, suche ich unbewusst die Nähe dieser Leute.

Nur wenn es um den Sport geht, um das Bergsteigen, das Kajakfahren und andere Dinge, die sehr gute Kondition erfordern, dann messe ich mich mit jüngeren. Eigenartig, das gebe ich zu. Diese Gewichtsveränderung nehme ich manchmal doch ernst.

Dann verlasse ich die Stadt und fahre mit dem Rad stundenlang bergauf, bergab, so schnell ich kann. Leider kommt das in der letzten Zeit nicht oft genug vor. Ich stehe nämlich vor einem Problem, das es zu lösen gilt.

Und das entwickelt sich langsam, wächst sich aus zu einem Thema, das ich nicht mehr ignorieren kann. Wenn ich jetzt davon berichte, so hält man mich sicher für geschwätzig. Aber ich habe schon so vieles aushalten müssen in meinem Leben. Natürlich bin ich nicht der einzige, der über leidvolle Erfahrungen zu klagen hat. Gut, fange ich also an.

Als ich etwa zwanzig Jahre alt war, träumte ich von einer Frau wie Susanne. Sie war groß, schlank, dunkelhaarig, intelligent und schlagfertig. Ihre Brüste wippten unter den Kleidern und Blusen. Sie hatte nur einen Fehler: Sie war glücklich verheiratet. Dass sie damals auch schon fünfzehn Jahre älter war als ich, nahm ich nicht zur Kenntnis.

Vielleicht deshalb, weil sie so unerreichbar schien und ich sie in meine Träume verbannen musste. Wir wohnten Tür an Tür. Sie mochte mich auch, soviel stand fest. Gemeinsamkeiten haben wir nie entdeckt; vielleicht gab es keine.

Ihr Mann war nicht der Typ, den man sich zum Rivalen machte. Er war ein verschrobener Intellektueller, schrieb einen Roman nach dem andern, trank seinen Wein, liebte seine Frau, verbrachte mit ihr den Urlaub am Meer, in südlichen Gefilden und ging allein zum Bergsteigen in die Berge.

Begegnete ich Susanne auf dem gemeinsamen Flur, war sie nett und locker im Gespräch, uneitel und nicht darauf aus, einem jungen Mann wie mir zu gefallen.

Sie ahnte nichts von meinen Gefühlen. Ich war so besessen, dass ich sie belauschte, vor der Wohnungstür horchte, wie sie lebten, mir vorzustellen versuchte, was in den Räumen alles geschah. Die wildesten Phantasien belagerten mein Denken. Und manchmal wünschte ich mir, sie zu besitzen. Dieses Wort durfte ich nicht einmal in meinem Kopf führen, so anstößig war es und passte gar nicht in die Zeit der achtziger Jahre und in den Mund eines Mannes, wie ich zu jener Zeit einer war. War ich ihr begegnet, floh ich ungeheuer erregt in meine vier Wände und onanierte, was das Zeug hielt.

Damit war bald ein Zwang verbunden, der mir einerseits willkommen war, andererseits abartig erschien. In diesem Zwiespalt lebte ich.

Ihr Anblick ergriff mich auf eine Weise, als wäre sie mir körperlich nah, ja als würde sie mich vergewaltigen. Sie tat nichts, um mich zu animieren. Vielleicht war diese Abwesenheit bewusster Hinwendung oder Koketterie genau das, was ich brauchte, um sie mir vorzustellen als meine Geliebte, mein Werkzeug oder mein heimliches Glück, das ich mir erst zu verdienen hätte.

Wie die früher unter der Ladentheke liegenden Pornohefte, von deren Existenz alle wussten, die zu kaufen sich jedoch kaum einer traute, dazu beitrugen, dass sich

Phantasien einstellten, die irgendwann mit der Wirklichkeit verwechselbar waren.

Schlimm war, dass ich litt, wenn ich sie mit ihrem Mann sah. Ich litt so, dass ich ihn insgeheim abwertete. Irgend etwas fiel mir schon ein, wo ich ihn in Gedanken erwischte, dass er es nicht wert sein könnte, von dieser Frau geliebt zu werden.

Ich hätte mich bestimmt nicht so intensiv mit diesem Thema beschäftigt, wären nicht die Folgen für mein Sexualleben so drastisch gewesen. Meine Erektionen hielten oft nicht lang genug an, um meine Freundinnen oder was ich dafür hielt, wirklich zu befriedigen.

Ich träumte, von Susanne erobert zu werden. Nur von ihr. Alles würde ich dafür ertragen. Ich stellte mir eine ganze Palette voll peinigender Situationen vor, die der Preis sein würden dafür, dass sie sich mit mir eingelassen hatte.

Die Jahre vergingen mit Studien anderer Art, ich hatte lange Zeit eine Freundin, mit der ich versuchte, auch sexuell befriedigende Erfahrungen zu machen. In all den Jahren war ich gierig genug, lieb zu den Frauen, und sie schätzten mich und meine Art.

Aber als hätte sich das eingebrannt, mich ließ diese Susanne nicht los. Auch nicht, als sie längst aus meinem Umfeld verschwunden war. Ich hielt Kontakt zu ihrem Mann um ihretwillen. Und wenn es geschah, dass ich ihr begegnete, spielte ich meine Rolle so perfekt und sie nahm mir den coolen, selbstbewussten und inzwischen gereiften Mann wie selbstverständlich ab.

Keine Frau hat mich jemals so in den Bann geschlagen über all die Jahre, das gestehe ich. Auch meine Mutter, die manche meiner Freundinnen ganz passabel fand, wunderte sich, dass aus mir kein Ehemann werden wollte.

Meine Mutter war selbst noch ein Kind, als sie mich gebar. Sie überließ mich ihrer Mutter, bei der ich eine schöne Kindheit hatte.

Meine Mutter ist also nur ein paar Jahre älter als Susanne. Das ist mir heute klar. Und genau da liegt mein Problem.

Du kannst mich auch Rainer nennen

Peter war ein sehr pflichtbewusster Controller. Alles an seinem Wesen passte zu dem Beruf, den er sich oder der ihn erwählt hatte.

Was nicht passte, war das Chaos, das manchmal in seinem Kopf herrschte, von dem er jedoch genau wusste, wo die Ursache dafür zu finden war.

An einem frühen Morgen verließ er wie immer das Haus, um sich zur Bahnstation zu begeben. Und wie meistens ging er auch an diesem Tag an seiner Garage vorbei und erinnerte sich an den Auftrag, den er sich vor einiger Zeit aus strengen Sicherheitsvorkehrungen heraus selbst erteilt hatte.

Man könnte nämlich meinen, dass in einer Garage ein Personenkraftwagen, ein Motorrad, ja wenigstens ein Fahrrad zu finden sein würde. Was man auch noch gelten lassen könnte, wären diverse Bier- und Wasserkästen, Gartengeräte, ein Wasserschlauch, ja vielleicht sogar Wein, der dort eingelagert wäre.

Bei Peter war nicht alles, aber doch einiges anders als bei seinen Mitmenschen. Umso mehr versuchte er, sein

Anderssein zu kompensieren mit einer Art Höflichkeit, ja sogar Nettigkeit, vielleicht könnte man es auch Großzügigkeit nennen.

Aus dieser Wesensart heraus hatte er eines Tages auf Nachfrage eines Bekannten diesem erlaubt, seine, Peters Garage zu nutzen. Zwar auch zweckentfremdet, aber da die Garage sowieso fast leer war, machte es eigentlich keinen Unterschied, wer dort was lagerte. So würde sie dann einem Zweck zugeführt und das Entgegenkommen des Vermieters mit einem kleinen, aber regelmäßig eingehenden Obolus belohnt werden. So geschah es.

Peter war keiner, der jetzt große Fragen gestellt hätte, den Inhalt des Lagergutes betreffend. Nein, dafür war er zu dezent. Irgendwann allerdings rückte der Tag näher, an dem der Controller sich Hals über Kopf entschied, wieder einen Personenkraftwagen besitzen zu wollen und diesen auch zu nutzen. Er war nämlich nach längerem Überlegen zu dem Schluss gekommen, dass ihm das Gefährt eine neue Freiheit verschaffen und sich die Welt für ihn wieder öffnen würde. Natürlich dauerte die Umsetzung dieses auch für ihn überraschenden intensiven Wunsches einige Zeit.

Vielleicht hatte er in seinem Unterbewusstsein auch schon berechnet, dass seine Garage ja auch nicht von jetzt auf gleich zur Verfügung stehen würde. Doch, nachdem er mehrmals dem Bekannten gegenüber zunächst nur von seinem Plan gesprochen hatte, und die Erfahrung machte, dass dieser das wohl zur Kenntnis nahm, jedoch keine Schlussfolgerungen für sich selbst daraus erwachsen sah, beschleunigte Peter kurzerhand den Kauf, um Fakten zu schaffen. Er versprach sich davon Entlastung in der Weise, dass er künftig keine Bitten mehr auszusprechen haben würde, was die Räumung der Garage betraf.

Aber da sah er sich getäuscht. Er war ratlos und blieb es auch für weitere Wochen. Sein neuer Pkw stand, schön poliert in der Sonne glänzend, vor dem Haus. Das hatte zwar den Vorteil, dass Peter ihn jederzeit, wenn er nur wollte, vom Küchenfenster aus sehen konnte. Daraus ergab sich ganz sicher, wie er sich schnell klar machte, dass dieses Auto unter seinem ganz persönlichen Schutz weder gestohlen noch von einigen Innereien befreit

werden würde, wie das in Köln und, ja nach Fahr-
zeugtyp, immer wieder geschah.

An den Tagen aber, an denen Peter einen aufgeräumten
Kopf hatte, musste er zugeben, dass die Garage wohl
doch auch ein sicherer Ort war. Und immer, wenn das
Wort „Garage" aus der Erinnerung aufstieg, stieg in
Peter die Hitze hoch.

Eines Abends fasste er einen Entschluss. Er rief seinen
Bekannten an, der eigentlich kein wirklicher Bekannter
aus alten Zeiten, sondern mehr eine Zufallsbe-
kanntschaft war und verabredete sich mit ihm auf ein
Bier in der Nähe.

Tagsüber im Büro und auf dem Weg nach Hause legte
er sich die Worte zurecht, von denen er annahm, dass
sie passen würden, um das Garagenthema endlich
begraben zu können.

Die Sätze wechselten in seinem Kopf, so dass er Mühe
hatte, die richtige Reihenfolge nicht zu vergessen.
Schließlich war eine Strategie vonnöten in solch einem
schwierigen Fall. Er konnte mit so etwas einfach nicht
umgehen. Andererseits wusste er das Recht auf seiner
Seite, und das tröstete ihn und verlieh seinem Ansinnen
letztlich den erforderlichen Mut.

Also stapfte er zu Fuß am Abend in Richtung Kneipe. Dort stand an der Theke mit einem entgegenkommenden Lächeln Herr Schwarz.

Sie begrüßten sich, und erst bei diesem Treffen fiel dem freundlichen Peter auf, dass sie nie die Gelegenheit ergriffen hatten, zum Duzen überzugehen. Was das wohl bedeutete?

So in Gedanken vertieft, hörte Peter ihn reden und dachte, das kann doch nicht so schwer sein. Ich werde ihn heute bewegen, innerhalb von drei Tagen die Garage zu räumen. Herr Schwarz fragte ihn dann auch, wie Peter mit seiner Errungenschaft zufrieden, ob er schon große Strecken gefahren sei und was er damit für Pläne verbinde.

Wie gut, dass er von selbst das Thema anschneidet, dachte Peter erleichtert und bestellte ein weiteres Bier für sich und seinen Thekennachbarn.

So standen sie da, sprachen über wichtige Dinge, und es wurde immer später. Peter wurde unruhig und trat schon manchmal von einem Bein auf das andere, schaute seinen Nachbarn auch verstohlen von der Seite an, als wolle er fragen, welche Strategie dieser wohl im Schilde führe. Aber Herr Schwarz war freundlich und nett, machte seine Späße, mit zunehmendem Bierkonsum wurde er allerdings auch melancholisch. Diese Wendung machte es Peter nun sehr schwer, das wichtige Thema mit der entsprechenden Härte anzupacken.

Er fühlte schon seinen Mut schwinden, als er wie von fern plötzlich das Zauberwort „Garage" vernahm. Mit freudig erregtem Blick wandte er seinem Gesprächspartner wieder das Gesicht zu. Der sah ihn aufmerksam an. Peter mangelte es an den richtigen Worten. Er bestellte noch ein Bier, trank es aus, sagte dann, er müsse jetzt gehen, da er ja immer früh aufstehe.

Beim Hinausgehen drehte er sich noch einmal um und rief Herrn Schwarz wie nebenbei zu: „Übrigens, wir müssen noch mal über die Garage reden." Dieser winkte ihm sein Einverständnis zu, und Peter verschwand nach draußen.

Auf dem Rückweg sah man einen Mann mit hängendem Kopf, und das hatte ganz zuletzt etwas mit dem Bierkonsum zu tun.

Auf einmal beschleunigte Peter seinen Schritt. Er blickte auf die Uhr. Es war 22 Uhr. Sein Schwiegersohn würde noch nicht zu Bett sein. Der wohnte mit Tochter Klara in Peters Haus, vorübergehend. Peter schloss die

Haustür auf und stürmte die Treppe nach oben. Außer Atem klopfte er gegen seine sonstigen Gewohnheiten an die Wohnzimmertür der jungen Leute und öffnete fast gleichzeitig die Tür.

„Papa, was ist los", hörte er seine Tochter fragen.

Peter aber ergriff den jungen Mann am Arm und zog ihn mit die Treppe hinunter. „Ich muss mit dir reden, Thomas", sagte er atemlos.

Die Tochter stand fassungslos oben an der Treppe und überlegte kurz, ob sie mitkommen solle, weil vielleicht ihr Mann in Gefahr war. Da war Peter schon mit Thomas vor dem Haus. Thomas hörte ihm zu, als er seinen Plan unterbreitete. Thomas solle mit ihm gemeinsam die Garage aufbrechen, natürlich so, dass kein großer Schaden entstehe.

„Warum aufbrechen", fragte anfangs noch der junge Mann, „du hast doch einen Schlüssel". Und er glaubte auch irgendwie, dass sein Schwiegervater wohl doch zu viel Bier getrunken habe.

Peter beschrieb mit hastig herausgedrückten Worten, was ihm schwer fiel, war er doch eher bedächtig, dass er seine Garage selbst bräuchte und der Herr Schwarz keine Anstalten mache, sie zu räumen. Das fand nun der Schwiegersohn interessant.

Er holte zunächst ganz legal und hochoffiziell unter den Augen des Hausherrn entsprechendes Werkzeug aus eben dieser Garage. Dann machten sich beide von außen an dem Tor zu schaffen.

„Wie gut, dass ich keine direkten Nachbarn habe", sagte Peter, während sie Mühe hatten, das Sicherheitsschloss zu knacken.

„Weißt du, was da drin ist", fragte ihn Thomas.

„Nee, interessiert mich auch nicht", war die Antwort.

„Gut, dann stellen wir jetzt einiges einfach ungeordnet vor die Garage, das Tor halb hoch, so dass gerade jemand da durchkriechen kann. Natürlich machen wir das Licht wieder aus. Wir legen am besten eine Taschenlampe irgendwo auf den Boden. Dann sieht es so aus, als hätte der Einbrecher die vergessen, als er gestört wurde. Dann kann man prima nach Fingerabdrücken suchen. Wir müssen die vorher natürlich von unseren eigenen beseitigen. Mach du das mal."

Der Schwiegersohn war in seinem Element, während Peter von Zweifeln gepackt wurde. Aber nun gab es kein Zurück mehr.

„Ich muss jetzt ganz schnell Herrn Schwarz über Handy anrufen, damit wir noch in der Zeitschiene sind. Ich bin schließlich schon einige Zeit weg aus der Kneipe."

Peter war wieder voll dabei. Er bedeutete Thomas zu verschwinden.

Jetzt musste er nur noch etwas warten und seine Garage wäre leer.

Herr Schwarz hatte wohl noch einige Biere getrunken, das merkte Peter an dessen Sprechweise. Herr Schwarz war allerdings genügend aufnahmefähig, um die Tragweite des Geschehens zu ermessen. Er weinte fast in das Telefon über die Möglichkeit, dass ihm Dinge gestohlen sein könnten, die ihm am Herzen lagen. Er würde sich sofort auf den Weg machen.

Peter wusste nicht recht, ob das, was er da eingeleitet hatte, wirklich der rechte Weg war, ein solches, doch relativ kleines Problem auf diese brutale Weise zu lösen. Aber andererseits war ihm klar, dass darin die einzige Chance bestand, sein eigenes Auto künftig unterstellen zu können.

Die rechte Hand am Kinn, stand er da und wartete. Ringsum war alles ruhig. Obwohl noch Frühsommer, war die Dämmerung schon eingetreten. In dieser Situation war ihm das geradezu recht. Als er Herrn Schwarz um die Ecke biegen sah mit fliegenden Fahnen, begann sein Herz zu klopfen wie selten. Dieser fiel ihm fast in die Arme.

„Haben Sie schon gesehen, ob was fehlt", fragte er atemlos.

„Wie soll das gehen", sagte Peter, „ich habe doch keine Ahnung, was Sie da drin haben".

Herr Schwarz bückte sich und kroch in die Garage. „Alles ist durcheinander, wie soll ich da jetzt kontrollieren", jammerte er vor sich hin.

Peter sagte sich, er müsse jetzt ganz cool bleiben. „Sehen Sie einfach mal in Ruhe durch. Ich gehe jetzt nach oben, ich muss schlafen gehen. Morgen früh können Sie ja direkt mit dem Abtransport beginnen, räumen Sie nur die Sachen, die draußen sind, wieder ein. Wir schließen jetzt provisorisch ab, dass niemand sieht, dass das Tor beschädigt ist".

Herr Schwarz stand vor ihm, ihm wurde ganz schwarz vor Augen bei der Vorstellung, jedermann könne über Nacht seine Sachen begutachten, wenn er nur wolle.

Peter dachte noch, hoffentlich fällt er mir nicht in die Arme, da war Herr Schwarz schon ganz nah, umfasste mit beiden Händen Peters Gesicht, sah ihm mit bittendem Blick in die Augen und sagte flehend: „Bitte, lassen Sie uns das in den nächsten Tagen besprechen, wenn der Schock vorüber ist. Tun Sie mir den Gefallen und lassen Sie das Schloss erneuern. Ich bezahle das auch. Heute nacht wird ja wohl nichts passieren. Bitte!" Und dann sagte er noch, bevor er die Hände wieder von Peter löste: „Du kannst mich auch Rainer nennen."

So schnell wie an diesem Abend war Peter noch nie ins Bett gekommen. Fast noch ganz angekleidet, ohne die Zähne zu putzen, warf er sich in sein Bett, zog die Decke über den Kopf, dachte an das Bier, das er getrunken hatte und an das, was er am kommenden Tag bestimmt trinken würde und schlief dann doch recht schnell ein.

Einmal wachte er auf, orientierte sich im Raum, lachte dann merkwürdig vor sich hin und murmelte: „Manchmal träumt man vielleicht komisches Zeug".

Am Morgen, bevor er aus dem Bett stieg, sah er an sich hinunter, schüttelte den Kopf und überlegte, was am Abend zuvor geschehen sein mochte, dass es ihn auf diese Weise ins Bett gezogen hatte. Er kam jedoch nicht darauf.

Erst, als ihn unter der Dusche unerwartet ein kalter Wasserstrahl mit voller Wucht erwischte, er diesem zu entkommen versuchte und dabei ausrutschte und sich gerade noch an dem kurzen Wandgriff vor dem Fall sichern konnte, war ihm klar, was an diesem Tag von ihm erwartet wurde. Sein Stöhnen war angemessen laut.

Beim Verlassen des Hauses traf er im Flur seine Tochter, die ihn – oder täuschte er sich – sehr merkwürdig ansah, aber nichts sagte.